五行歌集

心奥のルージュ

まえがき

二〇〇一年四月、転居したばかりの、新座市の公民館まつりで五行歌の展示を拝見し歌会を見学させていただいたら、その場で（すずらん）（空）という題で書いてくださいとのこと。訳も分からずとにかく五行に書いてみました。それがスタートでした。

その頃私は布花という白生地を染めて鏝《こて》や指先を使っての創作花を作っていました。

花作りはデッサンから入る人、詩（ことばのイメージ）から入る人に分かれるように感じます。私は後者でした。好きなように心を遊ばせてアレンジする。イメージは自在で特に好きなのは風に揺れている草花、風を感じ空気の動きを感じる、これは詩の心と似ています。

五行歌に出合ったとき「これだ」と瞬時に花とマッチングしたのです。

ふたつは決してぶつからないで協調しあうきわめて穏やかな関係です。

五行歌と花作りは私の生きる二本の杖だと思います。いつしか十年余が過ぎこのほど歌集を纏めさせていただく機会を頂戴しました。


自分の過去の作品を読み返すことは再び恥をかく作業でしたが、草壁先生をはじめ編集部の皆様、大澤喜八様、歌友の皆様のお力を最大限にお借りしてこのほどそおっと差し出せる歌集が完成いたしました。

心より感謝申し上げます。ありがとうございました。

二〇一五年　六月　十八日

富士の見える窓辺にて
村岡　遊

装画　大澤喜八
装丁　しづく

鮮やかなミイラ

告白を
されたのかしら
そんなことも
忘れてしまって
花明かり

ああ
この爛漫の
桜《はな》の湖《うみ》に
ふたりして
溶けてしまいたいね

両腕《かいな》で
やわらかく
包んであげたいのに
その人は
するりと抜けてしまう

私の心《なか》に
居座りつづける
男なぞ
ふきとばしてしまえ
青嵐《あおあらし》

バラ色という
恋は知らず
うつむいて咲く
花ばかり
好きになってる

抱き合った
胸のすき間から
はらりと
逃げてゆく
永遠というもの

その人に
つづく道は
断たれたけれど
空を翔ぶという
手があったよ

本物の愛は
手放してから
気づく
凄絶な
理解

失いたくないから
会わないでいよう
あなたは
私のなかで
鮮やかなミイラとなる

過ぎた恋の
ふたつやみっつ
何ほどでもない
初恋のあの甘美な
痛みに比べれば

魂の
深いところで
愛しているから
逢いたいなんて
思わない

愛された思い出より
愛した記憶が
私を
やわらかく
抱きしめてくれる

あなたが
自由に羽ばたけるよう
からめた腕をはなそう
愛は
寛容なのだから

あなたを追って
しゃにむに進んだ
けもの道
帰り道は
もう分らない

一緒に
走ってきた怒りが
不意に足を止めたので
つんのめりそうになった
もういい　許そう

真下から
見上げる花火
ばっさりと華開いて
この一瞬に
死にたいと思う

振られた思い出は
年毎にますます
甘美になるが
応えられなかった記憶は
いつまでも苦い

極みに
見る花火は
目裏にはじけて
矢のごとく
降りそそぐ

私の胸が
波立てば
この部屋は
きみと行ったあの夏の
海の匂いがする

赦すことも
赦されることもできない
ふたりの上に
氷雨降る
傘が左右に別れてゆく

あえて
波立せることもあるまい
胸の奥で
静かに眠っている
湖《うみ》を

結局は
容量を
問われるのか
人の器も
愛の深さも

なにげなく
流れる
視線の先が
あなたと同じという
わたしでありたい

一度くらいは
色鮮やかに
咲いてみたかった
あなたという
土の上に

あなたの中に
私がいないことは
哀しいことだ
空にさえ
寄り添う雲があるというのに

やわらかな心に
ふわりと降りた恋が
半世紀を過ぎても
どいてくれない
しあわせ

わたしは
あなたの記憶の
読点になりたい
恋ものがたりが
続くように

夫

背広を取り換えていたら
内ポケットから
若い娘の写真
誰？　これ
縁談を頼まれて……しどろもどろ

可哀そうな娘《こ》なんだ
―可哀そうたあ
　惚れたってことよ―
漱石の声が聞えた
夫の恋人なんだ

開き直った夫が通う
マンションの在処は知っていたが
彼女に会うことはしなかった
私のプライドが
許さなかった

お前がいるから
俺達が幸せになれない
ソファーに押し倒し
「殺すぞ」と首に両手をかけた
「どうぞ」私は目を閉じた

気持が離れると
心の距離も遠くなる
気付くと
夫に
敬語で話をしている

産んだ子ふたり
老いて
こどもに戻った夫も
まるごと抱きとって
三人の母になる

2013年 1月7日午前6時
不意に回線がつながった
でも応答はない
コート引っ掴んで
家を飛び出す

鍵やさんに開けてもらう
コタツに半身埋もれて
投げ出された足
こんなに小さいのか
初めて見る夫の足の様

救急隊　警察が駆けつけ
処理中と
外に出され
寒空のした
夫はもっと寒いだろう

心筋梗塞で
一気に逝ったから
おだやかな顔
苦しみが一瞬で
ほんとうによかったね

署名して
手渡した離婚届
びりりと破り捨てた
あなたの気迫のまま
引き出しに在る

こんなに
憎んだ人は
あなたしかいない
でもそれがなんだったのか
全く思い出せない

もう　夜中の電話に
怯えなくてもいいんだ
I got a freedom
I got a freedom
but ……

蝶の目覚め

つきさすような
寒風をも
はねかえす
ぴんと張りつめた
少女の頬

泡の中から
パシュンパシュンと
無数の
ヴィーナスが生れる
ま冬のビール

雪となる
覚悟もなかったのか
とろとろと
終日降る
二月の雨

鬼は
心の内にいるのだから
豆まきは
まず自分の胸に
ぶつけてから

おそばやさんで
修道服のシスターが
おかめうどんを食べている
場違いな
ほほえましさ

蝶の翅を
閉じこめて
眠っていた
千万年の琥珀
女の胸で目覚める

彼女を待っているのか
青年は上気して
ハンドルを握っている
助手席に
小さな花束を置いて

電車の中に
パッとひまわりが
咲いたよう
たったひとり
赤ちゃんがいるだけで

いつまでも
泣きやまない
だだっ子のような
梅雨が
私を閉じこめる

病床から
見上げている
雲のパノラマ
三、三平方メートルほどの
青空

工房は
沸騰している
汗と熱気の中
ガラスを吹く青年は
澄んだ瞳《め》をしている

恋花も
咲かない
枯れた土壌に
一掬の水
注がれるならば

満員の
終電車
それぞれが
物語をひとつ
携えている

二百色の
色鉛筆でも
描けないだろう
したたりおちる
紅葉の変化《へんげ》

すみれ色の空を
夕暮が渡る
こころの中に吹く
風の音すら
聞える気がする

母の紅差し指

紅筆など
なかったのだろう
若かった母の
紅差し指が
しなやかに舞う

誕生日の朝
二時三十分に目覚める
私の生まれた時間かしら
電話の老母は
「知りまへん」と答えた

五人の子を置いて
家を出ていった母
姑は
しゃあしゃあと
雑魚を煮ていた

兄弟五人そろって
雑煮嫌い
縁起物をと
母の小言で始まる
昭和の正月

九十六の母は
お姫様だっこで
お風呂に入れてくれる
介護士山本くんが
お気に入りらしい

経口食を断たれ
口の機能を失くすと
言葉も笑いも消えた
老母は　はにわか
がらんどう

まぶたの
くぼみに
人生の
八十年をのせて
母まどろむ

母の指輪は
小指にしか入らない
こんなに小さい人が
五人の子を
育てた

たんぽぽの綿毛よ
ついておいで
連れてってあげる
故郷のおかあさんに
会いにゆくから

荘厳

子は宝と
思っても
おりふし
宝に
泣かされる

男のひとりくらい騙せないの
未婚の娘に
カツを入れていたら
ある日突然現われた
今の婿さんすごく良い人

結婚雑誌の
ちらばる部屋で
柔らかなまなざしの
娘が
ドレスを選ぶ

嫁ぐ娘に
買い与える
真珠のネックレスは
父親の
なみだ色

人が
人を産む
荘厳
立ち合いの夫が
涙する

つっぱりの顔が
母となって
柔和になった
久しぶりに見る
娘の片えくぼ

母も言いたい
娘にも言い分はある
火花をちらす
ふたりの間に
ちょこんとみどり児

子と口論すると
ひどく疲れる
分身が
本家に
盾突くようで

三十年も昔の事を
昨日のように語る
姑の話を
ほほえんで聞いている
嫁のやさしさ

保冷箱から
宝物のように現れた
国産松茸
いっぽん
息子より届く

お年賀の
菓子折りを差し出して
頭を下げる
娘は
すでに他家の貌

感度のよい
受話器が拾った
娘の微かなゆらぎを
全身で
受け止める

子育て中
フェアに生きろ
伝えたのはそれだけ
二人の子は
フェアに貧しく生きている

自信を持って
子に伝えることが
ただひとつあれば
真っ当な
親だといえる

女の空

すべてを捨てても
手に入れたかった
自由という
とびっきり
この寂しいもの

ふわっ～と
広がるスカートを
揚力として
いま一度
女の空を翔ぶ

どうせ
一人暮しだもの
かまうものか
かつおのたたきに
山盛りのにんにく

歳月《とし》を経て
心の湖《うみ》は
波静か
あなたもあなたも
泳がせてあげる

ゆでた青菜を
水におよがせ
指で梳く
幼い日の
娘の髪のように

ふと
刺すような
視線をかんじる
誰もいない
私の良心だな

たなごころで
遊ばせてみたい
男もいない
ただ
夏風の吹く

誰のものでもない
私の心は
自由で
気ままで
それでいて懺悔をしたがる

うっとりと熟れてゆく
果実のような
女を目指す
私の芯は
まだまだ硬い

人生が
まばたきほどの
瞬間ならば
くれないの
花と咲きたい

悲しみを
つきぬけると
怖いものはなにもない
慈母観音の御手に
抱かれるよう

後生大事に
握りしめていたものが
ただのガラス玉と
理解《わか》った時
なぜかふっと笑ってしまう

野心をひとつ
胸の奥底に
置いていればよい
時折疼いて
老いを忘れさせてくれる

男の野心に
乗っかろうとしたのは
間違いだった
野心は
自ら築くもの

ほどよい湯加減に
身体潤びて
堅かったラインが
曲線になる
いま、私はおんなしている

終の住み処はどこに
子のそばはやめる
風よけはいらない
新しい地の
風に吹かれてみよう

おっとりと生きる
徳がないのなら
激しく
切り拓いて
いくしかない

女がひとり
生きるには
まず顔を洗って
口紅を引く
すべてはそれからだ

タノシ実、シタシ実

また遊ぼうね
なにげなく言うと
孫は
何月何日と
訊いてくる

孫には
遊びなさいと言う
子には
勉強しなさいと
言ったその口で

孫に会いに
出かける二時間は
なんでもないのに
帰り道の
何という長さ

腹いっぱい
風を食って
まるまるの
鯉のぼり
初節句の空を泳ぐ

えっ　うそっ！
十一ヶ月の
赤ん坊のいびき
びっくりして
爺婆三人のぞきこむ

私が
トランプのババを抜くと
ムクムクと
孫の頬に
小山がふたつできる

青い水玉のパジャマで
大の字に
寝る幼子は
展翅された
アマゾンの蝶

「おばあちゃんにさよならは」
パパの腕から身を乗りだして
頬にチューして
バイバイをしてくれた
今夜はねむれません

虫かごと網を持って
仁王立ちの孫が
爺に指図する
あの木　その木
言われるままに揺すっている

大はしゃぎして
帰った孫の
体温が残る
布団の上で
ひとり泳いでみる

この胸の中で
やわらかな
呼吸《いき》をしていたきみが
そうか
中学生になるのか

「おじいちゃん　しんだ
くわがたもしんだ
おばあちゃんは　ムムム」
娘に
口をふさがれている

観察日記が
完成した
孫の朝顔
心細げな
花二輪咲き残る

走り去る
息子の車を見送って
部屋に戻れば
孫の笑顔の粒子が
いっぱい

私は
カナシ実とクルシ実を抱いている
孫は
タノシ実を集めている
ときおりシタシ実をくれる

まなざし

まなざしの
やわらかな人は強い
本質を見抜くのは
目ではなく
心だから

もっともっと
思いつめないと
美しくはなれない
一途さだけが
人を輝かせる

言葉で
切り捨てっぱなしは
いけない
必要なのは
余韻なんだ

良い歌は
彩があって
香りがある
すっくと立ち上ってくる
強さもある

熟年の男女
無口なのは
夫婦
話をしているのは
それ以外の関係

若い時
何でも教えてくれる人が
好きだった
今は　何にも知らない人に
魅かれる

言葉だけが
伝達の手段ではない
無言の強さも
また
表現のひとつ

人は
人を
所有することはできない
家族ですら
孤のあつまり

人を
赦すことは
赦されることでもある
罪科がないのは
赤子だけ

古びた嘘が
じわじわと
真実《ほんとう》に
すりかわってゆく
記憶の怖さ

本音って
みにくいと
わかっているから
建前で
話をしたりする

家族写真ほど
こっぱずかしいものはない
と言う人
えっと思い
なるほどと腑におちる

自分の心を
解放できないのなら
人の
鍵を
欲しがるべきではない

人を
怒らせてしまった
ことばの
捨て場はなく
バラを一輪あやめる

人との
相性は
恥の価値観が
同じというのが
いちばんだと思う

ひとり暮しの
日常に
湯呑み茶碗が
ふたつ置かれる
非日常のうれしさ

美学は
語るものではなく
深く
心の裡に
鎮めておくもの

紅の階

よほどのお気入りか
パンジーには
神様の
口づけの跡が
いっぱい

パンセから
名付けられたという
パンジー
首をうつむかせ
幼子の目線に咲く

桜が
お姫様ならば
梅は町娘
分をわきまえたような
奥ゆかしさ

あじさいの
花裏は
複雑な迷路
てんとう虫が
迷い子になってる

核という
異物を入れられて
痛いよね
泣いて泣いて産み出す
輝く真珠

アメリカンチェリーの
深紅の
激しさは
勝負をかける時の
口紅の色

幸せに
なりなさい
寂しさは
私が……
すずらんささやく

バス停前の
花屋で
花たちが
バス待ち人の
噂をしているらしい

大胆不敵に
生きてやると
ひまわりの
仁王立ち
いいねっ。

あるじ逝く
夜の庭に
艶やかに
ゆり
ほどける

クスクス
しのび笑いをしている
女学生の
群のような
すすきのそよぎ

どこのお姫様の
お通りか
一面に撒かれた
藪椿の
紅の階

路上に散って
むくろとなっても
紅を失わない
椿の
気位の高さ

戦争

造化の神の
冴えた感性
みとれるほどに
アートしている
曼珠沙華

アメリカ人の
色彩感覚ときたら
ほら
ゼリービーンズの色
中間を知らない人種

国家も
民族も
家族も
みんな
わたくしの集まり

戦争が続くと
男子の出生率が上がる
自然の摂理とか
孫は三人共男の子
まさか　まさか　まさか

不確かな世に
たったひとつ
信じられるのは
幼子の
イノセンス

人を排除する
情熱があるのなら
また
受け入れる
余力もあるはず

酒を飲ませ
女を抱かせて
ヒロポンを注射《う》って
飛び立たされた
特攻の少年

九十八才のお袋が
七十の嫁はん
いびりよる
どないしたらいいんや
同窓会で相談される

新幹線の三時間を
窓の外を眺めて過ごした
緑の田畑の
モザイク模様
日本は美しい国

憎しみが
憎しみを巻き込んでゆく
連鎖反応
加担してはならぬ
ぐっと踏ん張る

この食物連鎖の
永遠を思えば
人間を食う
動物がいても
不思議ではない

養護支援学校と
普通の小学校は
道路をはさんで隣り合せ
不運な子等は
その五メートルが渡れない

なにか
掘り出し物をと
よこしまな心恥じつつ
教会の
慈善バザーに行く

まなとの宙《そら》

ダウンの子
まなと
天と
地の
間《あわい》を生きる

いただきますを
半年教えていますと
話す嫁の顔は
意外に明るい
母性は無限だ

こんにちはの声に
こっくり頭を下げる
まなとは
ほどなく三才
最初の一歩がまだ出ない

まなとが
さしのべてくれた手を
そおっと握る
こころが
浄化されるようで

バッグを
開けたり閉めたり
おみやげも
再々確認
まなとに会う朝

まなとは
人の顔を
じいっと見る
時にそっぽをむく
見破られたようだ

いっしんに
宙を見つめる
まなとの
汚せない
瞳

まなとは
騙さない
傷つけない
無垢そのもので
存在する

おもちゃの
ケータイを
耳にあてて
まなとは
哲学者の顔

身を乗り出して
抱かれにくる
まなとの
ひたむきな
求愛

まなとが
不意に
ほほえんだ
神様に
出会ったんだね

バイバイ
手を
ひらひらと振る
まなとの
意志ある仕草

まなとは
神からの
あずかりもの
深呼吸してから
腕《かいな》に抱く

ひとり

ざわめく
胸の谷間に
一輪の
花をおく
しずまれ

空気のような
存在になれなかった
私が
ひとり
秋の中にいる

あらかじめ
予測された
喪失の悲しみ
雪は
心の内に降る

神様が
こころというものを
人間に与えたから
歪んだり
揺らいだりする

憎しみも
生きる力の源
それも真実
寂しいことでは
あるけれど

孤独を一ぴき
孤独を二ひき
ピンセットで
つまみあげて
夜の底に逃がす

あなたは
私の青春の甘い傷
剥がしても剥がしても
思い出の
かさぶたができる

艶《いろ》もたぬ
花の寂しさ
ほの白く
ぽっかりと
我が胸に在る

思いが
煮詰まったら
一度　はじけさせてみよう
新しい「個」が
生まれるかも

どうしようもなく
寂しい
初秋の午後に
遮光カーテンを閉じて
夜をつくる

ゆうべ
私の胸に流れた
絶望の涙が
あふれ出したのか
目覚めれば外は雨

リハーサル

転居先
天国
ドアに貼り紙をして
ふらり旅立ちたいような
春日和

涙もぬぐわず
花を
買いに出る
友逝く
五月四日

陽ざしの
ふりそそぐ下で
ふと死を考える
あふれる光の
ひと粒になれるのかと

音楽も花も
あふれているという
彼の岸も
わるくはないか
曼珠沙華

衰えるということは
寂しいことでも
恥ずかしいことでもない
神に近付く
とてもやさしい季《とき》

夜毎
かりそめの死を重ねて
リハーサルは済んでいる
本番は
しっかりと死のう

存在感も
気配も消して
より幽かになってゆくのだ
風景の中の
一点となるまで

一面に広がる
寒冷紗のような
うすごおり
病む
夢のなかに張る

もしも本当に
あの世があって
みんなが
見ていたら
これは恥かしいなあ

古希を過ぎても
教わるものの
なんと多いことか
赤子さえも
私の師

秋晴れの午後
自分の墓を
捜しにゆく
さりげなく
散歩のように

生きているのに
死のことを考えるのは
生に対して
失礼なことだ
心して生きる

慈しむ性

こころに
すきま風の吹いてる
女は分るらしい
男が
ばんばん声をかけてくる

どんな笑顔の
裏にも
阿修羅が
ひそむ
人の性《さが》

だれかを
抱いたり
抱かれたり
した事のないような
真っ白なセーター

旬を
生きている女性だ
ハイヒールの
足首が
キュッと細い

自分の傍らで
老いてゆく
女を
愛しく思うのが
男の度量

差し出された
ジャムの瓶を
ぐいっと捻って
無言で返してよこす
そんな男が良い

鱧の湯引きみたいと
笑う曲げた腕に
細やかな皺
きみはきれいに
老いてゆくね

夫が
男らしいとは限らない
男らしい妻がいて
機能している
家庭もある

しなやかに
片袖で
本心を覆いながら
したたかに
女は生きる

男はこどもに戻れるが
女は還れない
知ってしまったことが
多すぎるから
例えば子を産むとか

すっぽりと
ぬけおちた歳月を
拾いあげて
同期会は
少年少女のざわめき

男達の
憧憬のまなざしで
磨き上げられた
女だけがもつ
ゆるぎない存在感

口元に近付けただけで
パリンと割れそうな
繊細なビアグラス
薄情な男の
唇に似て

心の本音に
耳をふさいで
女の嘘は
自分を騙すことから
始まる

女は
慈しむ性
なにより心根でしょう
男は
志の一言につきる

食欲はあるが
性欲はないという
男と女のぬけがら
ひとときの
酒を呑む

心奥のルージュ

化粧をやめて
すっぴんで生きよう
せつない時は
心奥に忍ばせた
ルージュを纏おう

たち向おうと決心した時
壁は
いちだんと高くなっていた
若さはない
だが知恵はある

一杯の水割りで
寂しさが
一時間まぎれる
酔いが醒めると
二倍になってかえってくる

ぬか漬けを出して
紫紺の茄子
小かぶの白
きゅうりの緑
夏を盛り合わせる

あの頃が
全盛だと
思える時が確かにある
もっと
謙虚でいればよかった

白と黒だけではぶつかる
グレーという色が
世の中を円滑に
回していると気付いて
すこしおとなになれた

レースのカーテンを一晩
漂白液につけて
まっ白にした
とおりすぎてゆく
風の色が見えます

ＨＤＤレコーダーの
操作を模索中
七十女にはちとしんどい
Ｗａｉｔと出る
命令形かよ！

誕生日が
定年という
残酷なシステム
花束を
ふたつ抱えて帰る

比翼の鳥
連理の枝
そんなものは
バッサリ斬って
アバンギャルドに生きる

きっぱりと
結界にひとつ
石を置く
だれも入れない
私の魂の在所

録画予約　プリンター
インクリボンとりかえ
できることが増え
ますます深まる
おひとりさま度

執刀も麻酔も
女性医師チームで
手術台の
昭和一ケタ生れの男
複雑だろうよ

極みは
堕ちてから
気付く
過去形の
哀しさ

何処にあっても
きらりと光る
存在であれ
あなたの餞《はなむけ》のことば
私は守れていますか

電話も
メールも来なかった
誕生日
夕暮れの街に
口紅《ルージュ》を買いにいく

友の
故郷の
蜜入りりんご
まるごとひとつ
昼食となる

極点

心臓《まと》はここだ
決して外すな
刺したらえぐれ
それが
私の愛され方

諦めて
諦めて
諦めてもなお
煌めきつづける
私の極点

果てる前に見たい
真円の虹
オーロラのカーテン
ダイヤモンド富士
真に美しいものだけ

美しい女《ひと》は
肉体も
精神も
美しくあらねばならぬ
棺の中まで

棄てた家の
間取りも忘れた
不意に甦る
書棚の隅の
「星の王子さま」

自分の
気が狂れる
瞬間《とき》を感じる
寸止めにする
術《すべ》も覚えた

今日も
仕分けできなかった
数多の古傷
抱きかかえたまま
おやすみと自分に告げる

私の人生
あなたにまかせたと
丸なげして
ケーキを焼いていた
痛恨の幼《わか》さ

想い人が
いてもいいじゃないですか
妻を語る
九十一才俳人の
なんという大きさ

わたしね
貧乏は平気なの
でも
心に翼を持たない
ひとはきらい

私が
私で在れないのなら
生きる意味がない
朽ち果てる
覚悟はある

とことん本音で
人をぶった切ったら
返り血で
溺れ死ぬ
それでもよい

置物のように
端座している
わたしの哀しみ
なんと
礼儀正しいのだろう

さんざめく
色　彩　いろ
みちてあふれて
カレイドスコープ
私の思いのごとく

願望と
現実が
ないまぜになって
風化してゆく
わたくしの青春《はる》

傷口にはふれず
慈しみで
湿らせたガーゼを
ふわりと
かけてくれる友

お嬢さん育ちの
仮面をつけて
バレずに七十余年
なんのなんの
修羅場は十分くぐっている

私の
身体に入ったもの
出ていったものは
すべて異物である
たとえ子であっても

所属するもの
自遊党
五行歌の会
秋川雅史ファンクラブ
会員番号1249

マンション購入の
惹句は
富士山が見えます
「遊さんの富士ね」
友の声がやさしい

村岡遊五行歌集　跋

個の描く華麗と自由の世界

草壁焰太

アメリカの老人ホームに五行歌の話をしに行ったときがあった。二〇〇九年の五月頃であった。

エリザベス・フェアーとピーター・フィオーレがいっしょだった。

老人ホームがあるくらいのところだから、ニューヨークの郊外の町、ハリソンから行っても二時間はあった。いくつもの丘や湖を越えて行った。そのころの私は、一年に一回はアメリカに滞在し、五行歌普及のワークショップを可能なかぎり開き、話をして歩いた。講演のあとでは、聴いてくれた方に実際に五行歌を書いてもらう。

その日もそのつもりだったが、実際にお年寄りが集まっている講堂に入ったとき呆然とした。お年寄りは八十代から九十代と思われたが、まともに椅子に座っている人がいなかった。たいていは車椅子で、背筋を立てている人はほとんどいない。手足がばらばらで、首が据わらない赤子のようにぐたっとした状態の人も数人いた。

この日は、最初にエリザベスが話をすることになっていた。エリザベスは三十歳くらいで、アメリカで五行歌の秘書のような役割を果たしていた。話す内容もよくわかっていた。

私が話をし、エリザベスに英語に翻訳した五行歌を読んでもらった。しかし、エリザベスが流暢な英語で朗読しても、反応する人がいない。彼女がうろたえたはじめた。私はマイクをもって、年寄りのなかに飛び込んで行った。

「詩は、自分のいちばん深い気持ちを書くものです。あなた方にも最も激しく愛した人があったでしょう。ここに一つの五行歌があります」

本物の愛は
手放してから
気づく
凄絶な
理解

村岡　遊

True love
once lost
is most
deeply
understood

Yuu Muraoka

ほとんど意識を失ったような人々が、夢みているものは、この本物の愛だろうと、私は直観的に思い、この歌を読んだのだった。読み終わったとき、ざわざわっと身を起こす人たちがおり、いくつかの眼が開いて私を直視した。

ほとんどが女性で、眼はみなするどく優しかった。

「あなた方のtrue loveはどうでしたか？　ここで毎夜、夢に見るのはその愛ではありませんか。その愛を五行の詩に書いてみて下さい」

老人たちは頷き、口々に呟き始めた。一人一人についている介護士が書き取ってくれた。それをエリザベスが読み上げると、またざわーっと反応が起こった。講堂は突然生き返り、ついている介護士たちも歌を書いて持ってきた。笑い声もあちこちで起こった。

「村岡さん、いい歌を書いてくれてありがとう！」と、私はざわめきのなかで思った。この歌は、渡米のために作った小さな本『GOGYOHKA』のなかに翻訳されて入っていた。「凄絶」を表す英語がないのは残念だけど…。

私がとっさにこの歌を思い起こしたのは、この歌の心のデッサンの鋭さ、短いなかに、人の心の芯を衝く情熱を表しきっているからである。

村岡さんは、個としての感情の力を、闇を走る黒豹のようにジャンプさせた。

こういう感情の力は、老人ホームの真夜中には跳梁するはずである。

これには村岡遊の個のきっさきが必要だった。

しかも、その黒は赤にも変わる華やかさと鮮やかさを持ち、また瞬時にして純粋の白にも変わる激しさを持つ。これが村岡さんの個の世界である。個は力であり、色彩であり、智恵の深さでもある。
村岡さんは日本のような制約された世界でも個としての無限変数であり続けたから、世界に通用するのだと思った。

誰のものでもない
私の心は
自由で
気ままで
それでいて懺悔をしたがる

子は宝と
思っても
おりふし
宝に
泣かされる

ふと
刺すような
視線をかんじる
誰もいない
私の良心だな

私の
身体に入ったもの
出ていったものは
すべて異物である
たとえ子であっても

こういうものに鮮やかに変化する色彩を感じるのは、私独特の感覚であろうか。この自由さに生命の再生の内在があるからそう感じられるのか。本物の愛もその変数のひとつである。

とことん本音で
人をぶった切ったら
返り血で
溺れ死ぬ
それでもよい

心臓《まと》はここだ
決して外すな
刺したらえぐれ
それが
私の愛され方

この歌集の跋を書くに当たって、引用したいと思う歌を抜き出したら、二十七首あった。最も心洗われる「まなとの宙《そら》」から一首だけとしてもそれだけの秀歌があった。

困ったと思い、同時によかったとも思った。私の跋を読むよりも歌集を読めということだからだ。

夫に愛人ができ、別居し、別居先で亡くなる顛末も衝撃的である。子や孫に関する歌も智恵深く、鋭い。しかし、これらすべてをまとめるとすれば、個の極点としての村岡さんの存在の確かさであろう。個が徹底されれば、人としても良いところまで行くことを証明もしている。

もう　夜中の電話に
怯えなくてもいいんだ
I got a freedom
I got a freedom
but……

不確かな世に
たったひとつ
信じられるのは
幼子の
イノセンス

まなざしの
やわらかな人は強い
本質を見抜くのは
目ではなく
心だから

国家も
民族も
家族も
みんな
わたくしの集まり

より具体的な歌もみなよいが、この人の独特の強さの表れた歌に私は深い関心を持つ。個を徹底した強さの現れたものは、五行歌の中でもけっこう少ないからだ。
生死観、人生観、人の内面についての考察が秀れている。

夜毎
かりそめの死を重ねて
リハーサルは済んでいる
本番は
しっかりと死のう

生きているのに
死のことを考えるのは
生に対して
失礼なことだ
心して生きる

自分の
気が狂れる
瞬間《とき》を感じる
寸止めにする
術《すべ》も覚えた

女は
慈しむ性
なにより心根でしょう
男は
志の一言につきる

村岡五行歌の最も重要な一点だけを書いた。
全体に及ぶ美しい女性の風格と自信、女性としての心臓の鼓動については、
その華麗で鮮やかな色彩を、私が歌よりよく見せることは不可能である。

村岡　遊（むらおかゆう）

1939年　兵庫県神戸市生まれ
1963年　上京
布花制作　教室開設
2001年　五行歌の会入会
同人
清瀬五行歌会代表
埼玉県新座市在住

五《ご》行《ぎょう》歌《か》集《しゅう》　心《しん》奥《おう》のルージュ

著　者　村岡　遊《ゆう》

発行人　三好清明

発行所　株式会社　市井社

〒162-0843　東京都新宿区市谷田町三―一九

川辺ビル一階

TEL　03（3267）7601

印刷・製本　創栄図書印刷株式会社

第一刷　二〇一五年八月二十日

ISBN978-4-88208-136-4　C0092

printed in Japan.

落丁本、乱丁本はお取り替えします。

定価はカバーに表示してあります。